یادداشته شاراوه‌کانی ئێلی

Ellie's ~~My~~ Secret Diary

Henriette Barkow & Sarah Garson

بەیانی یەك شەممە، کاتژمێر ٧,٣٠

یادداشتە ئازیزەکەم

دوێنێ شەو خەونێکی ناخۆشم بینی.
لە خەونم دا ڕام دەکرد ... و دیسان ڕام دەکرد.
پڵنگێکی زەبەلاح بەدوام کەوتبوو.
هەر چەندە خێراتر و خێراتر ڕام دەکرد بەڵام نەم دەتوانی
لە چنگی پڵنگەکە ڕزگارم بێ. پڵنگەکە نزیکتر و نزیکتر دەبۆوە
و ڕاست لەو کاتە دا ... بەخەبەر هاتم.
پشیلەکەم 'فلۆ' لە باوەشم دایە. کە فلۆم لەگەڵە هەست بە ترس ناکەم،
فلۆ ئاگادارە چ باسە. دەتوانم پێی بڵێم.
دیسانەکە خەونی ناخۆشم بینی.
جاران وا نەبووم.
جاران دۆست و هەواڵی زۆرم هەبوون، بۆ نمونە سارا و جێنی.
سارا داوای لێکردم لەگەڵی بچمە بازاڕ بەڵام ...
لەو رۆژەوە ئەو **کچە** هاتۆە قوتابخانەم لێ بووەتە جەهەنەم.
بەخوا کە ڕقم ڕقم **ڕقم** لێیەتی!!!

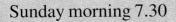

Dear Diary

Had a bad dream last night.
I was running ... and running.
There was this huge
tiger chasing me.
I was running faster and faster but
I couldn't get away.
It was getting closer and then ...
I woke up.

I held Flo in my arms. She makes me feel safe
- she knows what's going on. I can tell her.

Keep having bad dreams.
Didn't used to be like that.

I used to have loads of friends – like Sara and Jenny.
Sara asked me to go to the shops but ...

School's been HELL
since SHE came.

I hate hate
HATE her!!!!

Sunday evening 20.15

Dear Diary

Went to Grandad's.
Lucy came and we climbed the big tree.
We played pirates.
School 2morrow.
Don't think I can face it.
Go to school and
see HER!

SHE'll be waiting. I KNOW she will.

Even when she isn't there I'm scared
she'll come round a corner.
Or hide in the toilets like a bad smell.
Teachers never check what's going
on in there!

If ONLY I didn't have to go.

Flo thinks I'll be ok.

ئێوارەی یەك شەممە، کاتژمێر ١٥,٢٠

یادداشتە ئازیزەکەم

سەرێکی بابەگەورەمان دا.
لووسی هات و بەسەر دارە گەورەکە هەڵگەڕاین.
یاری ڕێگری دەریاییمان یاری کرد.
بەیانی قوتابخانەم هەیە. هیچ تاقەتی ئەوەم نیە بچمە قوتابخانە
و چاوم بەو **کچە** بکەوێتەوە. چاوەڕوانم دەکات.
دەزانم چاوەڕوانم دەکات. تەنانەت کاتێك لەوێش نیە دەترسم
لە پڕێکا سەر دەرێنێ.
یان لە ئاودەست خۆی بشارێتەوە.
خۆ مامۆستاکان هەرگیز ئەوە بەسەر ناکەنەوە چی
لە ناو ئاودەستەکان دا ڕوو دەدات.

خۆزگە ناچار نەبوومایە بچمە قوتابخانە.
فلۆ پێی وایە تووشی کێشە نابم.

بەیانی دووشەممە کاتژمێر ٧,٠٥

دیسانەکە هەمان خەونم بینییەوە.

بەڵام ئەمجارەیان **کچەکە** لە شوێنی پڵنگەکە بەدوام کەوتبوو.

هەوڵم دەدا خۆم رزگار بکەم بەڵام ئەو هەر وا لێم نزیکتر دەبۆوە و چی وا نەمابوو دەستەکانی بگەنە سەر شانم ... و بەخەبەر هاتم.

دڵم تێکەڵ دێ بەڵام خۆم ناچار کرد نانی بەیانی بخۆم بۆ ئەوەی دایکم پێی وا نەبێ کێشەیەکم هەیە.

ناتوانم بە دایکم بڵێم، ئەگەر پێی بڵێم کێشەکەم لێ قووڵتر دەکا.

ناتوانم بە هیچ کەسێك بڵێم.

ئەگەر پێیان بڵێم وا دەزانن کەسێکی ترسەنۆکم بەڵام من ترسەنۆك نیم.

هەموو کێشەکانم لە ژێر سەری ئەو کچە دایە ئەو شتانەم بەسەر دێنێ.

Monday morning 7.05

I had that dream again.
Only this time it was HER who was chasing me. I was trying to run away but she kept getting closer and her hand was just on my shoulder ... then I woke up.

I feel sick but I made myself eat breakfast, so mum won't think anything's up.
Can't tell mum – it'll just make it worse.
Can't tell anyone.
They'll think I'm soft and I'm not.
It's just <u>that girl</u> and what SHE does to me.

Monday evening 20.30

SHE was there. Waiting.
Just round the corner from school where nobody could
see her. SHE grabbed my arm and twisted it behind
my back.
Said if I gave her money she wouldn't hit me.
I gave her what I had. I didn't want to be hit.
"I'll get you tomorrow!" SHE said and pushed me over
before she walked off.
It hurt like hell. She ripped my favourite trousers!

Told mum I fell over. She sewed them up.
I feel like telling Sara or Jenny but they
won't understand!!

Glad I've got you and
Flo to talk to.

یادداشته ئازیزەکەم — *ئێوارەی دووشەممە کاتژمێر ٢٠,٣٠*

کچەکە لێرە بوو. چاوەڕانم بوو.
ڕاست لە گۆشەیەکی دەرەوەی قوتابخانە ڕاوەستابوو
بۆ ئەوەی کەس نەی بینێ. **کچەکە** قۆڵی گرتم و
لە پشت سەرم بای دا. پێی گوتم ئەگەر پارەی پێ
بدەم ئازارم نادات. هەرچیم پێ بوو پێم دا.

کچەکە پێی گوتم: 'بەیانیش دێمەوە گیانت!'
دوایی پاڵێکی پێوە نام و ڕۆیشت.

ئەمە یەکجار ئازارم دەدا. ئەو پانتۆنەی
دڕاندم کە زۆرم حەز لێ بوو.
بە دایکم گوت کەوتووم.
پانتۆنەکەمی بۆ دروومەوە.

هەست دەکەم دەمەوێ بە سارا یان
جێنی بڵێم بەڵام ئەوان لێم تێ ناگەن.

خۆشحاڵم تۆ و فلۆم
هەیە قسەتان بۆ بکەم.

بەیانی سێ شەممە کاتژمێر ٧,٣٠

شەوی رابردوو نەم توانی بخەوم. هەر وا پاڵ کەوتبووم.
زۆر دەترسام خەوم لێ بکەوێ.
زۆر دەترسام جارێکی تر هەمان خەونە ناخۆشەکە ببینمەوە.
ئەو دیسانەکە چاوەڕوانم دەکات. بۆچی هەموو جارێك من هەڵدەبژێرێ؟

خۆ من چیم لە دژی ئەو نەکردوە.
وا بزانم خەوم لێ کەوتبوو چونکە دایکم بە خەبەری هێنامەوە.
نەم توانی نانی بەیانی بخۆم.

جەمی خۆم بە سام دا بۆ ئەوەی دایکم
هەست نەکات نانی بەیانیم نەخواردوە.

Tuesday morning
7.30

12
Couldn't sleep last night.
Just lay there. Too scared to go to sleep.
Too scared I'd have that dream again.
SHE'll be waiting for me. Why does she always
pick on ME? I haven't done anything to her.
Must have dropped off, cos next thing
mum was waking me.
9
3
6

Couldn't eat breakfast.
Gave it to Sam so mum wouldn't notice.

ئێوارەی سێ شەممە کاتژمێر ۲۰،۰۰

کچەکە بۆ دەرەوەی
قوتابخانە بەدوام کەوت -
ئای کە چەند زەبەلاح و ناحەز بوو.
کچەکە پرچی ڕاکێشام.
دەمەویست هاوار بکەم بەڵام نەم دەویست
ئەو خۆشییەی پێ بدەم.

کچەکە تفێکی لێ کردم و گوتی: 'پارەت بۆ هێناوم؟'
سەری گرتم و رای ژاند.
کچەکە لە پڕێکا پەلاماری جانتای جلکی وەرزشمی دا
و بەزۆر لێی وەرگرتم. 'هەتا پارەکەم بۆ دێنی ئەوە لەلام دەمێنێ.'
بەدڵ حەزم دەکرد جانتاکەم پێ دابا!
وام دەزانی بە مست لە دەم و چاوە قەڵەوەکەی دەدەم!
چیم لە دەست دێ؟ ناتوانم لێی بدەم چونکە بەژنی لە من بەرزترە.

ناتوانم داوای پارە لە باوکم یان دایکم بکەم چونکە
دەیانەوێ بزانن ئەو پارەیەم بۆ چیە.

Tuesday evening 20.00

SHE followed me out of school – all big and ~~tuff~~ tough.
SHE pulled my hair. Wanted to scream but I didn't want
to give her the satisfaction.
"You got my money?" SHE spat at me.
Shook my head. "I'll have this," SHE snarled, snatching
my PE bag, "til you give it to me."
I'd love to give it to her! Feel like punching her fat face!
What can I do? I can't hit her cos she's bigger than me.

I can't ask mum
or dad for the money
cos they'll want to
know what it's for.

بەیانی چوارشەممە کاتژمێر ٥,٣٠

یادداشتەکەم، کارێکی خراپم کردوە.

کارێکی بەڕاستی خراپ!

ئەگەر دایکم پێی بزانێ نازانم چی دەکا.
لێم ڕوونە تووشی کێشەیەکی گەورە دەبم.
دوێنێ شەو چاوم لێ بوو دایکم جزدانی پارەکەی لەسەر مێزەکە دانا.
منیش تەنیا بووم و £5 پاوەنم لێ دەرکرد.
هەر کاتێك بتوانم بە زووترین کات ئەو پارەیە
لە شوێنی خۆی دادەنێمەوە.
لە پارەی خەرجی ڕۆژانەم پاشەکەوت دەکەم.
هەوڵ دەدەم پارەیەك دەست بخەم.

خوابکا دایکم بەو کارە نەزانێ.
ئەگەر بزانێ شێت دەبێ!

Wednesday morning 5.30

Diary, I've done something bad.

Really bad!

If mum finds out I don't know what she'll do.
But I'll be in big trouble - for sure.

Last night I saw mum's purse on the table.
I was on my own and so I took £5.

flo

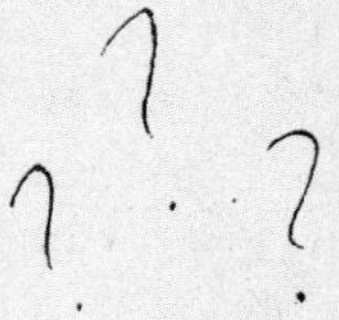

I'll put it back as soon as I can.
I'll save my pocket money.
I'll try and earn some money.

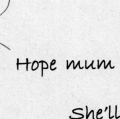

Hope mum doesn't miss it.

She'll go mad!

ئەورۆ ناخۆشترین ڕۆژی ژیانم بوو!

١ یەکەم ـ سەرکۆنە کرام چونکە جل و بەرگی وەرزشم پێ نەبوو.
٢ دووەم ـ ئەرکی قوتابخانەم ئەنجام نەدابوو.
٣ سێیەم ـ کچەکە لە لای دەرگای قوتابخانە ڕاوەستابوو،
چاوەڕوانی منی دەکرد.
قۆڵی بادام و پارەکەی لێ وەرگرتم. جانتاکەمی فڕێ دایە ناو قوڕەوە.
٤ چوارەم ـ کچەکە داوای پارەی زیاترم لێ دەکا.
ناتوانم پارەی زیاتر دەست بخەم ...
پارەم لە دایکم دزیوە.
نازانم چی بکەم.

بریا هەر لە دایك نەبووبام!

Wednesday evening 19.47

1st - got told off cos I didn't have
my PE things.
2nd - hadn't done my homework.
3rd - SHE was by the side gate -
waiting.
She twisted my arm and took the
money.
Threw my bag in the mud.
4th - SHE wants more.
I can't get more...
I've already stolen from mum.
I don't know what to do.

This has been the worst day of my life!!

Wish I'd never been born!!

ناتوانم باوەڕ بەمە بکەم.

دایکم ئاگادار بوو!!

دایکم دەیەویست بزانێ ئایا یەکێك لە ئێمە چاوی
بە پارەی £5 کەی کەوتوە یان نا.
ئێمە هەموومان گوتمان نا نەمان دیتوە.
دەم توانی چیتری پێ بڵێم؟
هەست بە ناخۆشی دەکەم، ناخۆشیەکی زۆر. رقم لە دۆر کردنە.
دایکم پێی گوتم دەم گەیەنێتە قوتابخانە.
هەر نەبێ هەتا کاتی گەڕانەوە بۆ ماڵ سەلامەت دەبم.

Thursday morning 8.15

I can't believe it.
Mum's found out!!

She wanted to know if anybody
had seen her £5 note.
We all said no.
What else could I say?

I feel bad, really bad. I hate lying.
Mum said she's taking me to school.
At least I'll be safe til home time.

Thursday evening 18.30

On the way to school mum asked me if I took
the money.
She looked so sad.
I had thought of lying but seeing her face
I just couldn't.
I said yes and like a stupid idiot burst into tears.

Mum asked why?
And I told her about the girl and what she'd been
doing to me. I told her how scared I was.
I couldn't stop crying.
Mum held me and hugged me.

When I'd calmed down, she asked,
if there was anyone at school
I could talk to?
I shook my head.
She asked if I would
like her to talk to
my teacher.

ئێوارەی پێنج شەممە کاتژمێر ٦,٣٠

لە رێگای قوتابخانە دا دایکم لێ پرسیم ئایا من پارەکەم لێ دزیوە.
بە جۆرێکی خراپ سەیری دەکردم.
سەرەتا بیرم کردەوە درۆیەکی پێ بڵێم بەڵام
کە سەیری دەموچاویم کرد نەم توانی.
پێم گوت بەڵێ و وەکو کەسێکی بێ ئاوەز لە قوڵپەی گریانم دا.

دایکم لێ پرسیم بۆچی دەگری؟
منیش دەربارەی کچەکە و ئەو کارانەی لە منی دەکرد قسەم بۆ کرد.

بە دایکم گوت چەندە لەو کچە دەترسێم.
لەسەر یەك دەگریام و نەم دەتوانی خۆم ڕابگرم.
دایکم گرتمی و لە باوەشی گرتم.
دوای ئەوەی ئەهوەن بوومەوە پێی گوتم ئایا هیچ کەسێك
لە قوتابخانەکەم دا هەیە بتوانم قسەی لەگەڵ بکەم؟

منیش سەرم راوەشاند.
دایکم لێمی پرسی ئایا حەز دەکەم
قسە لەگەڵ مامۆستاکەم بکات.

Friday morning 6.35

Dearest Diary

Still woke up real early but

I DIDN'T HAVE THAT DREAM!!

I feel a bit strange. Know she won't be in school - they suspended her for a week. What if she's outside?

My teacher said she did it to others - to Jess and Paul. I thought she'd only picked on me.

But what happens if she's there?

بەیانی هەینی کاتژمێر ٦,٣٥

یادداشتە هەرە ئازیزەکەم

هەر چەندە ئەمرۆ زۆر زوو لە خەو هەستاوم بەڵام

دوێ شەو خەونە ناخۆشەکەم نەبینی!!

هەست بە شتێکی نەختێ سەیر دەکەم.
دەزانم ئەو کچە لە قوتابخانە نابێ،
چونکە بۆ هەفتەیەك لە قوتابخانە دەریان کردوە.
بەڵام ئەی ئەگەر لە دەرەوەی قوتابخانە چاوەڕوانم بێت؟
مامۆستاکەم گوتی ئەو کچە هەمان شتی لەدژی چەند کەسێکی تریش دا کردوە، لەوانە جێس و پۆڵ.
وام دەزانی تەنیا منی هەڵ بژاردوە.

چی دەبێت ئەگەر لەوێ بێ؟

She really wasn't there!!!
I had a talk with a nice lady who said I could talk to
her at any time. She said that if anyone is bullying
you, you should try and tell somebody.
I told Sara and Jenny. Sara said it had happened to
her at her last school. Not the money bit but this boy
kept picking on her.

We're all going to look after each other at school so
that nobody else will get bullied. Maybe it'll be ok.
When I got home mum made my favourite dinner.

ئێوارەی هەینی کاتژمێر ٨,٤٥

کچەکە بەڕاستی لەوێ نەبوو!!!
لەگەڵ خانمێکی زۆر باش دا قسەم کرد و پێی گوتم هەر کاتێك بمەوێ دەتوانم قسەی لەگەڵ بکەم. ئەو خانمە پێی گوتم ئەگەر کەسێك ئازاری دایت، ئەوا دەبێ هەوڵ بدەیت قسە لەگەڵ یەکێك دا بکەیت.
بە سارا و جێنیم گوت. سارا گوتی لە قوتابخانەی پێشووی هەمان شتی بەسەر هاتوە.
هەر چەندە داوای پارەی لێ نەکراوە بەڵام کوڕەکە هەر ئەوی هەڵدەبژارد.

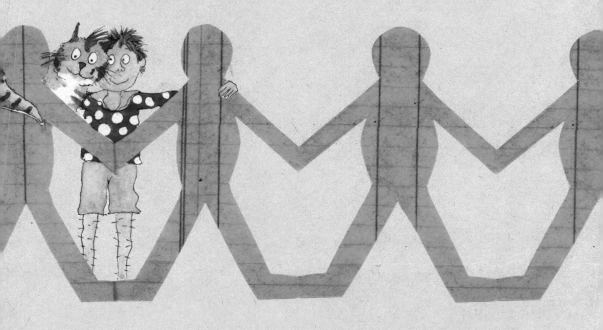

ئێمە ئیتر لە قوتابخانە دا ئاگاداری یەکتر دەبین بۆ ئەوەی هیچ کەسێکی تر ئازار نەدرێت. ئەمە ڕەنگە سەر بگرێ.
کاتێك دەگەمەوە ماڵ دایکم جەمی ئێوارەی دڵخوازمی بۆ ئامادە کردووم.

بەیانی شەممە کاتژمێر ٨,٥٠

یادداشتە ئازیزەکەم

قوتابخانەم نیە!!   خەونی ناخۆشم نەبینی!!
سەیرێکی ئەنتێرنێتم کرد و زۆر شتم سەبارەت بە ئازاردران لە
قوتابخانە چاو پێکەوت. نەم دەزانی ئەمە زوو زوو ڕوو دەدات
بەڵام وادیارە ئەمە لە هەموو کاتێك ڕوو دەدات.
تەنانەت گەورەساڵان و ماسیەکانیش تووشی دەبن.
ئایا دەت زانی ماسی لە خەمی ئەوەی ئازار
دەدرێ ڕەنگە گیانی لە دەست بدات؟
هەموو جۆرە یارمەتیەك و بابەتی ئەوتۆ دەستەبەر کراوە ـ
دیارە بۆ مرۆڤان نەك بۆ ماسیەکان!!

بریا زووتر بەمەم زانیبا.

Saturday morning 8.50

Dear Diary

        No school!!   No bad dreams!!
Had a look on the net and there was loads about
bullying. I didn't think that it happened often but it
happens all the time! Even to grown-ups and fishes.
Did you know that fishes can die from the stress of
being bullied?

There are all kinds of helplines
and stuff like that
- for people, not fishes!!

I wish I'd known!

ئێوارەی شەممە کاتژمێر ٩,٠٥

بابم من و سامی بردە سینەما. فیلمەکە زۆر خۆش بوو
و بەڕاستی زۆر پێکەنین.
سامی دەیەویست بزانێ بۆچی هەرگیز سەبارەت بەو شتەی
بەسەرم هاتبوو ئاگادارم نەکردبوو.
’بە مست دەم و ددانی ئەو کچەم ورد دەکرد‘ پێی گوتم.
منیش پێم گوت: ’ئەو کات تۆش دەچوویتە ڕیزی ئازاردەرانەوە!‘

Saturday evening 21.05

Dad took me and Sam to see a film. It was really funny. We had such a laugh.

Sam wanted to know why I never told him about what was going on.

"I would have smashed her face!" he said.

"That would just have made you a bully too!" I told him.

What Ellie found out about bullying:

If you are bullied by anyone in any way IT IS NOT YOUR FAULT!
NOBODY DESERVES TO BE BULLIED!
NOBODY ASKS TO BE BULLIED!

There are many ways in which somebody can be bullied.
Can you name the ways in which Ellie was bullied?
Here is a list of some of the ways children are bullied:
- being teased
- being called names
- getting abusive messages on your mobile phone
- getting hate mail either on email or by letter
- being ignored or left out
- having rumours or lies spread about you
- being pushed, kicked, shoved or pulled about
- being hit or punched or hurt physically in any way
- having your bag or other belongings taken and thrown about
- being forced to hand over money or your belongings
- being attacked because of your race, religion or the way you speak or dress

Ellie found that it helped to keep a diary of what was happening to her.
It's a way of keeping a record of dates and times when things occurred.
It's also a way of not bottling everything up. It is important that you try
and tell somebody what is going on.
Maybe you could try talking to a friend who you trust.
Maybe you could try talking to your mum or dad, sister or brother.
Maybe there is a teacher at school who you feel comfortable talking to.
Most schools have an anti-bullying policy and may have somebody
(like the kind lady Ellie mentions in her diary) to talk to.

Here are some of the helplines
and websites that Ellie found:

Helplines:

    CHILDLINE 0800 1111
    KIDSCAPE 020 7730 3300
    NSPCC 0808 800 5000

Websites:

    In the UK:
    www.bbc.co.uk/schools/bullying
    www.bullying.co.uk
    www.childline.org.uk
    www.dfes.gov.uk/bullying
    www.kidscape.org.uk/info

In Australia & New Zealand:
www.kidshelp.com.au
www.bullyingnoway.com.au
ww.nobully.org.nz

    In the USA & Canada:
    www.bullying.org
    www.pta.org/bullying
    www.stopbullyingnow.com

If you want to read more about bullying there are many excellent books
so just check your library or any good bookshop.

Books in the *Diary Series*:
Bereavement
Bullying
Divorce
Migration

Text copyright © 2004 Henriette Barkow
Illustrations copyright © 2004 Sarah Garson
Dual language copyright © 2004 Mantra Lingua

A CIP catalogue record for this book is available
from the British Library

First published 2004 by Mantra Lingua
Global House, 303 Ballards Lane
London N12 8NP
www.mantralingua.com